AF363856

27 OCT. 1913   27 Octobre 1913

CATALOGUE

D'OBJETS D'ART DE LA CHINE

PORCELAINES

**Des époques Sung, Ming,
Kang-hi, Yungching, Kienlong, etc.**

JADES ET LARDITES

IVOIRES, VERRES, BRONZES, Etc.

*Dont la vente aura lieu à l'Hôtel Drouot, salle n° 9
le 27 octobre 1913, à 2 heures.*

COMMISSAIRE-PRISEUR :	EXPERT :
Mᵉ CH. DUBOURG	M. ANDRÉ PORTIER
8, Rue d'Alger.	24, rue Chauchat.

Chez lesquels se distribue le présent Catalogue.

EXPOSITION PUBLIQUE

Le 26 Octobre, à l'Hôtel Drouot, salle n° 9
De 2 heures à 6 heures.

CATALOGUE

D'OBJETS D'ART DE LA CHINE

PORCELAINES

**Des époques Sung, Ming,
Kang-hi, Yungching, Kienlong, etc.**

JADES ET LARDITES

IVOIRES, VERRES, BRONZES, Etc.

*Dont la vente aura lieu à l'Hôtel Drouot, salle n° 9
le 27 octobre 1913, à 2 heures.*

COMMISSAIRE-PRISEUR :	EXPERT :
M° CH. DUBOURG	M. ANDRÉ PORTIER
8, Rue d'Alger.	24, rue Chauchat.

Chez lesquels se distribue le présent Catalogue.

EXPOSITION PUBLIQUE

Le 26 Octobre, à l'Hôtel Drouot, salle n° 9
De 2 heures à 6 heures.

CONDITIONS DE LA VENTE

Elle sera faite au comptant.

Les acquéreurs payeront 10 0/0 en sus des enchères.

L'expert, dans l'intérêt de la vente, se réserve la faculté de réunir ou de diviser les lots.

L'expert assistera à l'Exposition publique et se tiendra à la disposition de MM. les amateurs qui auraient un renseignement à lui demander ou des ordres d'achat à lui confier.

PORCELAINES

1. — Une paire de petites potiches, à décor de chimères et de pivoines.

Epoque Ming.

2. — Deux petits vases tubulaires, à décor fleuri.

Epoque Ming.

3. — Un pot de forme arrondie, décoré de pivoines et de fleurs variées sur fond blanc.

Epoque Ming.

4. — Un vase en forme de navette en poterie à glaçure partielle olivâtre, sur surface cannelée.

Style de l'époque Han.   Haut. 41 cm.

5. — Chimère debout sur un socle de forme ovale en faïence à reflets vert et or.

Haut. 26 cm.

6. — Petit pot de forme arrondie, à couverte chamois, à décor de grecques et d'oiseaux en camaïeu brun.

Epoque Sung.   Haut. 15 cm.

7. — Petite théière en faïence brune, décorée de dragons et d'une poésie sur les buveurs.

Haut. 20 cm.

8. — Petite bouteille flammée polychrome, en imitation des pièces Sung.

Epoque Ming.   Haut. 20 cm.

9. — Petit vase en forme de gourde à double panse en faïence à couverte teintée bleue.

Epoque Ming.   Haut. 21 mm.

10. — Petit vase balustre en flammé sur couverte chamois.

Epoque Ming,   Haut. 15 mm.

11. — Vase de forme hexagonale à face ajourée en faïence
à couverte verte.

Epoque Ming.   Haut. 22 mm.

12. — Petit pot de forme arrondie à couverte verte avec
reflets métalliques.

Epoque Ming.   Haut. 18 mm.

13. — Bouteille en faïence à couverte flammée teintée
bleu.

Epoque Ming.   Haut. 30 mm.

14. — Bouteille à col droit en flammé arlequin.

Epoque Ming.   Haut. 37 mm.

15. — Vasque en poterie céladon craquelée.

Epoque Ming.   Haut. 14 mm.

16. — Pot de forme ovoïde en poterie brune à couverte
flammée bleu-vert.

Epoque Ming.   Haut. 28 mm.

17. — Deux petites chimères en poterie Yegorai, à décor
noir sur fond crème.

                           Haut. 16 mm.

18. — Un vase en ancien blanc de Chine, décoré en relief
de fleurs et de rochers.

Epoque Ming.   Haut. 35 mm.

19. — Figure du Dieu de l'Enfer en ancien blanc de Chine.

Epoque Ming.   Haut. 26 mm.

20. — Petite figure de Kwannon en ancien blanc de Chine.

Epoque Ming.   Haut. 16 mm.

21. — Vase à long col bulbeux en ancien blanc de Chine à
petites craquelues.

Epoque Ming.   Haut. 307 mm.

22. — Vase de forme ovoïde en ancien blanc de Chine.

Epoque Ming.   Haut, 24 mm.

23. — Grand vase, de panse arrondie, en ancien céladon craquelé.

    Époque Ming.   Haut. 38 mm.

24. — Petit pot arrondi, à couverte bleu fouetté.

    Epoque Ming.   Haut. 12 mm.

25. — Vase de forme arrondie, à couverte crème à petites croquelures.

    Epoque Ming.   Haut. 33 mm.

26. — Petit pot arrondi, à décor de chimères et de pivoines sur fond blanc.

    Epoque Ming.   Haut. 14 mm.

27. — Potiche trois couleurs Ming, décorée d'enfants et de pivoines,

    Epoque Ming.   Haut. 34 mm.

28. — Potiche trois couleurs Ming, à décor de panneaux fleuris.

    Epoque Ming.   Haut. 30 mm.

29. — Potiche trois couleurs à décor de femmes et d'enfants sur une terrasse fleurie.

    Epoque Ming.   Haut. 33 mm.

30. — Grand vase cornet en porcelaine bleu et blanc à décor de guerriers dans la montagne.

    Epoque Ming.   Haut. 45 mm.

31. — Grosse potiche en porcelaine bleu et blanc à décor d'oiseaux et de fleurs.

    Epoque Ming.   Haut. 41 mm.

32. — Vasque de forme arrondie en porcelaine bleu et blanc à décor d'habitations et de personnages.

    Epoque Kanghi.   Haut. 17 mm.

33. — Pot de forme arrondie en porcelaine bleu et blanc à décor fleuri.

    Marqué Kang-hi.   Haut. 20 cm.

34. — Potiche, à col coupé, en porcelaine bleu et blanc, décoré de jeunes femmes sur la terrasse d'une habitation.

    Epoque Kang-hi.   Haut. 27 cm.

35. — Potiche, à panse surélevée, en porcelaine bleu et blanc à décor de paysage maritime.
Marque Ming, mais Kang-hi.   Haut. 22 cm.

36. — Potiche à panse surélevée en porcelaine à couverte chamois décoré en émaux bleus de chevaux galopant.
Epoque Kang-hi.   Haut. 35 cm.

37. — Deux potiches pouvant former paire en porcelaine bleu et blanc à décor fleuri.
Epoque Kang-hi.   Haut. 35 cm.

38, 39. — Quatre petits vases de forme arrondie, décorés en réserve blanche de fleurs de pêchers sur fond bleu.
Epoque Kang-hi.   Haut. 12 cm.

40. — Potiche de panse élevée, décorée en trois couleurs de motifs fleuris.
Epoque Kang-hi.   Haut. 26 cm.

41. — Petite figure de Kwannin en ancien blanc de Chine.
Epoque Kang-hi.   Haut. 22 cm.

42. — Petite figure du dieu de la guerre en ancien blanc de Chine.
Epoque Kang-hi.   Haut. 14 cm.

43. — Groupe en ancien blanc de Chine représentant la Kwannin à l'enfant sur un rocher : à ses pieds, deux petits serviteurs.
Epoque Kang-hi.   Haut. 25 cm.

44. — Une paire de perruches, trois couleurs.
Epoque Kang-hi.   Haut. 16 cm.

45. — Deux chimères, pouvant former paire, en trois couleurs.
Epoque Kang-hi.   Haut. 20 cm.

46. — Petit vase à panse surélevée à couverte teintée vert, bleu et mauve.
Epoque Yungching.   Haut. 12 cm.

47. — Petit vase balustre, flamme bleu et vert.
Epoque Yungching.   Haut. 13 cm.

48. — Vase à panse ovoïde, en teinté bleu et vert.
Epoque Yungching.   Haut. 18 cm.

49. — Bouteille à couverte gros bleu.
Epoque Yungching.   Haut. 32 cm.

50. — Petit vase, de panse aplatie, à couverte vert pomme.
Epoque Yungching.   Haut. 21 cm.

51. — Petit vase, de forme similaire, à couverte brun olive.
Epoque Yungching.   Haut. 19 cm.

52. — Petit vase à couverte chamois craquelé.
Epoque Yungching.   Haut. 16 cm.

53. — Vase pitong en porcelaine bleu et blanc, décoré de personnages au bord des flots.
Epoque Yungching.   Haut. 17 cm.

54. — Autre vase, de forme et de décor similaires.
Epoque Yungching.   Haut. 18 cm.

55. — Grand vase, de panse quadrilatère en émaux flammés bleu et rouge sur fond chamois craquelé.
Epoque Yungching.   Haut. 34 cm.

56. — Très belle potiche à couverte bleue décorée de palmes et de caractère du bonheur.
Epoque Yungching.   Haut. 47 cm.

57. — Vase balustre en porcelaine bleu et blanc, à décor fleuri.
Epoque Yungching.   Haut. 28 cm.

58. — Pot de forme arrondie à jolie couverte vert clair.
Epoque Kienlong.   Haut. 17 cm.

59. — Deux petits pots couverts en émail vert clair.
Epoque Kienlong.   Haut. 11 cm.

60. — Petit vase, de forme arrondie, à couverte vert clair.
Epoque Kienlong.   Haut. 14 cm.

61, 62, 63. — Trois petites bouteilles à couverte sang de bœuf.
Epoque Kienlong.   Haut. 22 cm.

64. — Deux petites bouteilles à couverte bleu aubergine.
Epoque Kienlong.   Haut. 14 cm.

65. — Bouteille à col évasé, à couverte sang de bœuf.
Epoque Kienlong.   Haut. 30 cm.

66. — Petite théière, décorée sur fond corail de deux médaillons en réserve, à décor fleuri.
Epoque Kienlong.

67. — Deux petites théières en porcelaine bleu et blanc à décor fleuri.
Epoque Kienlong.

68. — Petite boîte ronde à savon, en porcelaine bleu et blanc, à décor de personnages.
Epoque Kienlong.

69. — Boîte ronde, à pâte, en porcelaine blanche décorée en émaux rougeâtres d'un dragon poursuivant le joyau sacré.
Epoque Kienlong.

70. — Bonbonnière ronde, décorée en réserve sur fond vert clair de médaillons d'enfants et de panneaux de fleurs.
Epoque Kienlong.

71. — Bonbonnière cylindrique, à couverte corail, décorée sur le couverte d'une femme et d'un enfant sur une terrasse fleurie.
Epoque Kienlong.

72. — Bonbonnière ronde, à couverte corail décorée en réserve d'un médaillon de personnages dans un jardin.
Epoque Kienlong.

73. — Deux petites coupes à vin, de forme quadrilatérale s'évasant, à décor fleuri.
Marquées Kienlong.

74. — Deux petits vases, à couverte verte, décorés en polychromie de fleurs et d'oiseaux.
Epoque Kienlong.

75. — Petit pot couvert en émail vert sur fond grave, à décor fleuri polychrome.
Epoque Kienlong.

76. — Pot similaire, à fond rose.
Epoque Kienlong.

77. — Deux petits vases à couverte bleu turquoise.
Epoque Kienlong.

78. — Petite gourde, de forme aplatie, à couverte sang de
bœuf.
Epoque Kienlong.

79. — Une paire de petits vases à décor de dragons et de
pivoines.
Epoque Kienlong.

80. — Figure de Kwannin avec l'Enfant en porcelaine, à
décor polychrome.

81. — Grande verseuse de forme quadrilatérale à couverte
truitée camaieu bleu.
Epoque Kienlong.

82. — Deux petits vases conjugués à décor fleuri sur fond
de couleur.
Epoque Kienlong.

83. — Vase rouleau en porcelaine, bleu et blanc à décor
de dragons dans les nuages.
Epoque Kienlong.   Haut. 38 cm.

84. — Autre vase rouleau en porcelaine, bleu et blanc, à
décor d'oiseaux sur les rochers au bord des flo's.
Epoque Kienlong.   Haut. 36 cm.

85. — Jolie bouteille à couverte sang de bœuf.
xviiie siècle.   Haut. 43 cm.

86. — Vase à large panse, portant deux anses à têtes de
chimères, à couverte sang de bœuf.
xviiie siècle.   Haut. 30 cm.

87. — Pot de forme arrondie, à décor de fleurs en polychrome sur fond de couleur.
xviiie siècle.   Haut. 22 cm.

88. — Une paire de pots à gingembre, couverte à décor
de personnages sur une terrasse.
Epoque Taokuang.   Haut. 22 cm.

89. — Petite théière à décor de personnages et de poésie.
Epoque Taokuang.

ÉMAUX DE CANTON

90. — Une paire de petites théières à corps quadrilobé en émaux peints de Canton à décor fleuri.

Epoque Kienlong.

91. — Bol couvert en émail de Canton, décoré de dragons dans les nuages polychromes.

Epoque Kienlong.

92. — Deux bols à thé en émail de Canton, décorés de fleurs et de fruits.

Epoque Kienlong.

93. — Trois petits cendriers, de forme quadrilobée, décorés de personnages hollandais.

Epoque Kienlong.

94. — Deux petites tasses en émaux peints, décorés de fleurs et de personnages.

Epoque Kienlong.

95. — Deux tasses et leurs soucoupes à décor de paysages maritimes.

Epoque Kienlong.

96. — Jolie assiette en émail de Canton à décor fleuri.

Epoque Kienlong.   Diam. 22 cm.

97. — Assiette à marli droit, à décor fleuri.

Epoque Kienlong.   Diam. 28 cm.

JADES

98. — Vase tubulaire en jade vert foncé.

Haut. 10 cm.

99. — Groupe en jade, sculpté de deux canards.

Diam. 10 cm.

100. — Groupe en jade brûlé, sculpté en forme d'une brebis.

Diam. 11 cm.

101. — Coupe en forme d'un fruit enfeuillagé jade blanc marbré.

Diam. 11 cm.

102. — Coupe ajourée de rinceaux fleuris. Jade blanc.

103. — Paire de tasses couvertes en jadeite verte mouchetée noir.

104. — Vase en forme d'un calice de fleur [en jade vert clair.

Haut. 11 cm.

105. — Ornement en jade blanc en forme d'un fruit.

Diam. 11 cm.

106. — Petite plaque en jade blanc très brillant, ajourée de rinceaux fleuris stylisés.

107. — Bague en jade blanc à taches de rouille.

108. — Petit animal accroupi, en jade brûlé.

LARDITES

109. — Groupe en pierre de lard représentant un oiseau perché sur un rocher.

Haut. 18 cm.

110. — Groupe en jolie pierre de lard, représentant Hotei, demi nu, accroupi, un rosaire à la main.

Diam. 18 cm.

111. — Figure en pierre de lard, représentant la Kwannin avec l'Enfant.

Haut. 22 cm.

112. — Statuette de Kwannon assis, en pierre de lard.

Haut. 18 cm.

VERRES

113. -- Une paire de bouteilles en verre jaune taillé en relief de verre rouge de dragons et de chauves-souris.

IVOIRES

114. — Une paire de petits paravents en ivoire, à double face, sculpté de personnages.

Haut. 18 cm.

115 — Vase pitong en ivoire, gravé de personnages, de fleurs et de poésies.

Haut. 9 cm.

116. — Autre vase pitong en ivoire, gravé d'un paysage montagneux.

Haut. 11 cm.

117. — Deux presse-papiers en ivoire sculpté et ajouré de motifs fleuris.

Diam. 22 cm.

118. — Sceptre en ivoire, gravé de caractères taoistes et d'habitations.

Diam. 41 cm.

119. — Statuette d'un personnage portant un manuscrit.
Epoque Ming.   Haut. 24 cm.

120. — Autre statuette en ivoire, Ming.

Haut. 27 cm.

121. — Statuette de Fukuroknejine.
Epoque Ming.   Haut. 13 cm.

BRONZES

122. — Statuette en bronze laqué or, représentant une divinité sur le lotus.

   Epoque Ming.   Haut. 32 cm.

123. — Statuette en bronze doré représentant également une divinité sur le lotus.

   Epoque Ming.   Haut. 35 cm.

124. — Statuette en bronze à patine brune représentant une divinité à trois têtes et six bras.

   Epoque Ming.   Haut. 28 cm.

125. — Figure en bronze à patine brune représentant Benten aux nombreux bras.

           Haut. 22 cm.

PLATS ET BOLS EN PORCELAINE

126. — Une paire de bols creux à décor fleuri.

   Epoque Kanghi.   Diam. 11 cm.

127. — Une paire de bols creux à décor de poissons.

   Epoque Kanghi.   Diam. 11 cm.

128. — Un bol creux à décor fleuri, famille rose.

   Epoque Yungching.

129. — Une paire de bols blancs, sans décor.

   Marqué Yungching.

130. — Un bol sang de bœuf.

   Epoque Kienlong.

131. — Un autre bol sang de bœuf.

   Epoque Kienlong.

132. — Un bol, décoré sur fond jaune gravé, de motifs fleuris polychromes.

Epoque Kienlong.

133. — Bol évasé en porcelaine blanche à décor de personnages.

Epoque Kienlong.

134. — Un bol, décoré sur fond corail de panneaux de paysages, en réserve.

Epoque Kienlong.

135. — Un bol à décor de paysage entre deux zones marbrées brun.

Epoque Kienlong.

136. — Grande coupe creuse décorée en bleu de paysages réservés sur un fond blanc à petits piquots.

Epoque Kienlong.   Diam. 28 cm.

137. — Grande cuvette creuse décorée en émaux bleus et peau de pêche de vases fleuris.

Marque Kang-hi.   Diam. 37 cm.

138. — Petit bol décoré sur fond bleu moucheté d'un dragon d'or.

Epoque Kienlong.

139. — Trois bols à décor d'attributs et de fleurs.

Epoque Kienlong.

140. — Deux bols couverts à décor fleuri.

Epoque Taokuang.

141. — Plat trois couleurs à décor de Fong Hoang et de fleurs.

Epoque Ming.   Diam. 34 cm.

142. — Plat similaire à décor de pivoines.

Epoque Ming.   Diam. 34 cm.

143. — Joli plat en porcelaine bleu et blanc à décor de personnages.

Marque Ming Wanli.   Diam. 30 cm.

144. — Deux petites soucoupes à décor de fleurs et d'oiseaux.
Epoque Kanghi.   Diam. 16 cm.

145. — Grand plat décoré en bleu et blanc d'une chimère.
Epoque Ming.   Diam. 36 cm.

146. — Plat en porcelaine bleu et blanc, décoré d'un oiseau dans les fleurs.
Epoque Kanghi.   Diam. 37 cm.

147. — Assiette en porcelaine bleu et blanc à décor fleuri.
Epoque Yungching.   Diam. 25 cm.

148. — Assiette en porcelaine bleu et blanc à décor de personnage et de bœuf.
Epoque Yungching.   Diam. 24 cm.

149. — Assiettes creuses en porcelaine bleu foncé.
Epoque Yungching.   Diam. 20 cm.

150. — Assiette creuse en porcelaine bleu foncé et brune.
Epoque Kienlong.   Diam. 20 cm.

151. — Plat décoré sur fond grave de motifs fleuris.
Marque Kienlong.   Diam. 40 cm.

152. — Plat creux en porcelaine bleu et blanc à décor fleuri.
Epoque Yungching.   Diam. 38 cm.

153. — Assiette à décor fleuri stylisé.
Marqué Kienlong.   Diam. 25 cm.

154. — Assiette décorée sur fond corail d'un paysage en réserve.
xviiie siècle.   Diam. 26 cm.

155, 156. — Deux assiettes à décor de réserves de paysages sur fond corail et sur fond vert.
xviiie siècle.   Diam. 25 cm.

157. — Plat richement décoré de fleurs et de papillons.
xviiie siècle.   Diam. 34 cm.

158. — Quatre soucoupes à décor d'oiseaux et de fleurs sur fond vert.
Epoque Kienlong.   Diam. 16 cm.

159. — Quatre soucoupes à décor fleuri.
      XVIIIe siècle.   Diam. 15 cm.

160. — Quatre soucoupes à décor de personnages.
      XVIIIe siècle.   Diam. 16 cm.

161. — Assiette creuse sang de bœuf.
      Epoque Kanghi.   Diam. 20 cm.

162. — Assiette creuse en porcelaine bleu et blanc, décoré,
d'un cerf et d'une biche sous un arbre.
      Epoque Yungching.   Diam. 25 cm.

ÉVREUX, IMPRIMERIE CH. HÉRISSEY. PAUL HÉRISSEY, SUCC^r

www.ingramcontent.com/pod-product-compliance
Lightning Source LLC
LaVergne TN
LVHW012132170726
843501LV00008BC/3145